人物速写

学院派高考冲刺教材

张　慧　编著

浙江人民美术出版社

目　录

■ 有关速写的若干问题

问: 考试考速写吗？都考些什么？

答: 什么是速写？顾名思义，速写是在较短的时间内用洗练的笔法捕捉形体、表现对象的一种绘画形式，它要求作画者具备瞬间捕捉形的能力，是眼、手、脑的高度配合。近几年，越来越多的美术院校在招生考试中增加了速写科目，无非是考查考生把握形、迅速捕捉形的能力。最常见的是单个人物的站姿、坐姿和非静态（如扫地、系鞋带、挑水等）速写，也有的院校考组合速写（双人、三人或三人以上，带场景等）。大多数考试以写生为主，个别院校会考默写。

历年部分速写考题

2006年中国美术学院
速写：男青年的四个动态，二个站姿二个坐姿。

2006年北京工商大学
速写：画一张坐姿、一张站姿。

2006年北京师范大学
速写：男青年站姿、坐姿各一张。（30分钟）

2006年南京理工大学
速写：女青年坐姿。

2006年西安美术学院
速写：《考场一角》，四人以上。（30分钟）

2006年广东海洋大学
速写：考场中任意两个人的动态。（30分钟）

2006年南开大学
速写：画三个人物，分别为站、坐、半卧。（30分钟）

2005年四川美术学院
速写三个动作：站、坐、手拿 撬子。（30分钟）

2005年广州美术学院
速写：站立喝水的运动员。

2005年北京林业大学
速写：画考场气氛，至少画三人。（25分钟）

2005年北京印刷学院
速写：坐在室内看书的女青年，表现出场景。（20分钟）

2005年北京服装学院
创意速写：以鸽子和云朵表现出"和平"和"和谐"（八开）。

2005年北京联合大学高考艺术类加试试题
速写：女青年站姿，左手叉腰。

2005年大连医科大学影像艺术学院
速写：考场一角。

2005年沈阳理工大学艺术设计学院
速写：考场中一组考生的动态速写。

2005年北方工业大学艺术设计学院
速写：默写一位走路的老人。

2005年吉林大学艺术学院
速写：静态站姿，右手握纸卷，左手搭于右腕上并置于右膝上，右腿踏凳。

2005年江苏技术师范学院
速写：考生互画。

2005年贵州民族学院美术学院
速写：弓步站姿。

1

2004年天津美术学院
速写：一站一坐两人组合。

2004年天津美术学院礼堂艺术设计、多媒体设计专业（杭州考点）
速写：三个动态。（1小时）

2004年天津美术学院雕塑专业（杭州考点）
速写：三个动态。（1小时）

2004年西安美术学院
速写：考场一角，四人以上。（30分钟）

2004年湖北美术学院（南京考点）
速写：从坐到站动态速写。（30分钟）

2004年北京林业大学
速写：考场一角，有两个主体人物。

2004年北京工商大学
速写：人物站姿、坐姿各一幅，要求单线表现。

2004年北京师范大学美术学院
速写：站姿、坐姿各一张。

2004年北京师范大学初教学院
速写：女青年坐姿。

2004年天津理工大学
速写：扫地的女清洁工。

2004年天津师范大学
速写：模特在本组考场内任选，正面、坐姿（A4打印纸）。

2004年天津科技大学
速写：以"植树"为题，进行任意动态默写。

2004年天津工业大学（杭州考点）
速写：考生。

2004年上海交通大学
速写：站姿、坐姿各一张。

2004年武汉理工大学
速写：人物写生，女模特坐在一把椅子上，双手捧书，右脚架在左膝上。

2004年南京理工大学（杭州考点）
速写：画自己左手（八开）。（20分钟）

2004年株洲工学院
速写：全身坐姿默写。

2004年中南林学院（杭州）
速写：男青年全身像。（30分钟）

2003年中央美术学院
速写：坐在椅子上，坐在地上，站立的人，三种姿态。（10分钟一张）

2003年天津美术学院
速写：坐姿、站姿、蹲姿。

2003年北京林业大学
速写：全身写生。

2003年北京林业大学
速写：考场一角。（20分钟）

2003年天津师范大学
速写：考场一角，不少于二个人物（A4打印纸）。

2003年天津工业大学
速写：画一只手的动态速写。

2003年天津科技大学
速写：坐在椅子上看报的女青年，适当加上环境。（30分钟）

2003年大连轻工业学院
速写：男青年坐立二个姿势（各15分钟），另加对自己一只手的速写（15分钟）。
立姿为：两脚与肩同宽站立，重心在两腿之间，左手抱在腹部，右手摆放在左臂上。
坐姿为：坐在椅子上，左手拿一张白纸，左肘放在左腿上，头略低在阅读，右手放在右膝盖上，两脚呈"八"字，右脚在前，左脚在后。

2003年青岛大学
速写：女青年坐姿全身像。

2003年南昌航空工业学院
速写：男青年全身坐像。（30分钟）

2003年苏州大学
速写：男（女）青年站立写生。

2003年江南大学
速写：画室一角（八开）。（90分钟）

2003年郑州轻工业学院
速写：男青年全身速写（默写）。（30分钟）

2003年郑州轻工业学院
速写：运动中的动物和交通工具的形象。

2003年桂林电子工业学院
速写：考场。将考场中的考生任意组合，不少于三人的场面速写。（30分钟）

2003年株洲工学院
速写：女青年卧姿（默写）。

2003年株洲工学院
速写：监考老师的坐姿。

2003年地质大学
速写：默写人、植树。

2002年清华大学（南京考点）
速写：1. 男青年单脚踏在凳子上，单手叉在腰间，头略倾侧。2. 画自己的手的正面和反面各一张。

2002年天津美术学院（杭州考点）
速写：人物静态速写。

2002年北京印刷学院
速写：默写吃饭。

2002年北京工业大学
速写：考场一角。

2002年北京广播学院
速写：站立、坐姿各一张。

2002年北京林业大学
速写：画考场一角，必须有主体人物。

2002年中央民族大学
速写：二张站立。

2002年北京舞蹈学院
速写：全身写生站姿、坐姿各一幅。（20分钟）

2002年首都师范大学
速写：站姿、坐姿各一幅。

2002年首都师范大学师范专业
速写：女青年站姿。

2002年天津师范大学
速写：坐姿写生。（45分钟）

2002年天津轻工业学院
速写：男青年坐在椅子上看报。（30分钟）

2002年郑州轻工业学院
速写：男青年坐姿、跑姿各一幅。（30分钟）

2002年武汉理工大学
速写：女青年全身坐姿像（八开）。（15分钟）

2002年中南林学院
速写：男青年站姿全身速写。（20分钟）

问: 画速写的工具有哪些？

答: 画速写的工具很多，有铅笔、炭笔、木炭条、钢笔、圆珠笔、色粉笔、油画棒等等。对多种工具进行尝试可以拓展绘画的技法表现空间。当使用一种工具到了一个"疲劳期"的时候，可以尝试换一种工具，能刺激我们的感官，从中得到新鲜的感受。但建议初学者最好先使用铅笔或炭笔，因为这两种工具相对更容易掌握。画速写时尽量不用或少用橡皮，只有摆脱对橡皮的心理依赖后，画出的线条才能肯定而自信。如果这根线画错了，那就自信地在旁边再画一根，总之"错也要错得肯定"。

市面上能买到的速写纸按质地分有新闻纸、牛皮纸、素描纸、打印纸等。有些院校招生时会发放八开的裁好的纸（如中央美术学院），而有些院校发的是整张四开的素描纸，要求在这张纸上安排三四个单个人物或人物场景（如中国美术学院）。因此，我们在考前训练的时候，就要注意到这一点，有意识地使用不同质地、不同大小的纸张，不要依赖于某一种质地或大小的纸张，以致考试时因为不习惯而影响发挥。

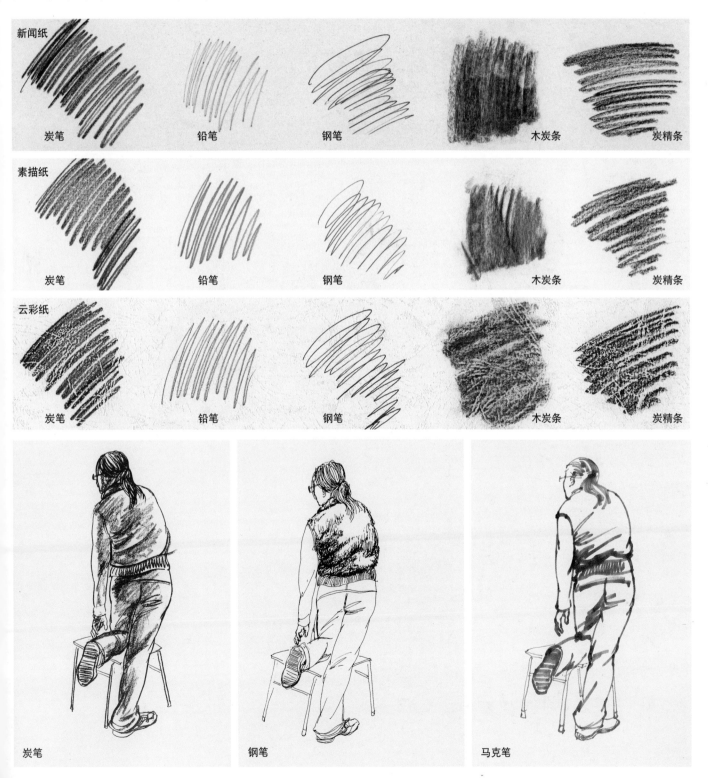

3

答: 比例是速写考试的第一要求, 也是人物速写的基本准则。人物"站七坐五蹲三", 也就是说, 一个站立的人的高度是他本人头的长度的七倍, 坐着时则是五倍, 蹲着时是三倍。当然这只是一般情况, 要具体情况具体对待。此外, 还有些局部的基本比例, 如人脚的长度等于他本人头的长度, 肩膀是1.5—2个头长 (女为1.5, 男为2), 上臂是1.5个头的长度, 前臂是1个头的长度, 大小腿各2个头的长度等等。这些只是一般情况下的比例, 在作画时可作为一个参照, 绝不能生搬硬套。

我们所说的比例都是以头为标准来衡量, 换言之, 画速写时, 当我们确定了头的长度时, 我们画任何部位都应该与头进行比较, 把头作为我们确定人物各个部位比例的"标准度量衡"。要学会比较, 整体观察, 画上面时看下面, 画左边时看右边。画到身体的任何部位, 都要随时和头进行比较, 只注重某根线或某个局部去画是画不好速写的。

问：画速写对构图有什么要求？

答：画好速写一定要把握好构图，也就是如何在一张纸上安排好人物的位置。人物所处的位置以及背景环境等，应在落笔之前考虑周全，并在短时间内作出决定。画单个人物时，我们一般要求人物的各个部分不能画到画面以外，不能出现"顶天立地"、"缺手少腿"的情况。画多个人物时要有主次之分，主体人物尽量完整，次要人物的位置要根据构图需要来安排，简要概括即可。带场景的速写要注意远近透视关系、物体和人物的大小比例关系等等。

构图适中

构图太大

构图太小

答：画好速写非常关键的因素是如何把握好人物的动态。做好这点，画速写就会事半功倍了。

人物动态就是人物所呈现的形体特征，如站、坐、蹲、躺等。这些是人物姿势，动态还不单单指这些。就拿站来说，我们往往忽略了人物的重心问题，他的重心是在左腿、右腿还是两腿之间？不同情况下所呈现的动态是完全不同的。

当站姿的人物把重心放在一条腿上时，肩膀、胯部所呈现的高低状态都会发生变化。此时若在颈部画一条垂直延长线，这条线必然经过重心腿的内脚踝。若在你的画面中这条线不经过内脚踝，则说明你所画的人物动态重心出现了问题。同样，在坐、蹲的情况下，我们更应该注意人物的重心、支撑点的具体位置、左右肩膀的高低对比、各个骨点的上下左右的关系等等。

重心在左腿

重心在两腿之间

重心在右腿

线条怎么画才生动、有变化、有力度?

线是最具表现力的绘画元素。速写中的线条不能把它简单地理解为单线白描。每根线都不是无缘无故地存在的，它的存在必然有存在的理由，也就是说它要表现形体、表现动态，要言之有物。对速写而言，线条的粗细、浓淡、疏密变化是很重要的。例如我们画背上的线条和裤子的线条时，两者的感觉是完全不同的。覆盖在背上的衣服所呈现的线是紧致的，有力度感的，而裤子并不是紧贴着小腿的，它有一种空、松的感觉。这些都可以在线条的运用中表现出来。背上的线可以表现得细而挺，尖锐而有力；裤子的线可以画得松软些，虚一些，更放松些。我们应该细细地去体会线条，用心去感受线条，尽量把这些微妙的变化体现在自己的速写里，这样，你的速写才会有生命力和表现力。只有真正掌握如何用线条来表达，才会有更大的潜能去拓展速写的表现空间，才能真正发掘自己的表现语言。

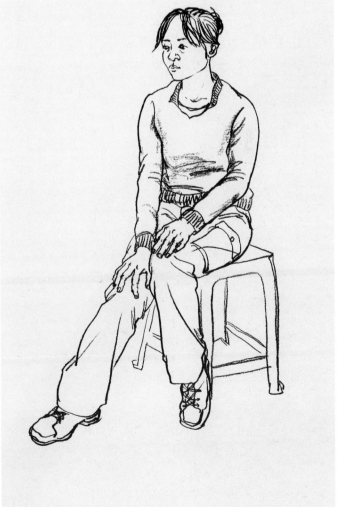

问：头、手、脚怎么画？

答：一幅速写中，头、手、脚要作为重点处理。10分钟以上的速写，要求画出五官，手要具体到指甲，鞋子要具体到鞋带。画五官时尽量抓住特征，概括明了，同时注意五官在头部的大小比例。画手首先要确定手的大小，强调手的关节，注意几根手指间的主次关系。画鞋其实是在画脚，不要忘了鞋的正侧面的长度和头的长度是一样的。这三个部位要尽可能画具体，要有生活气息。平时可以进行这三部分的单独练习。

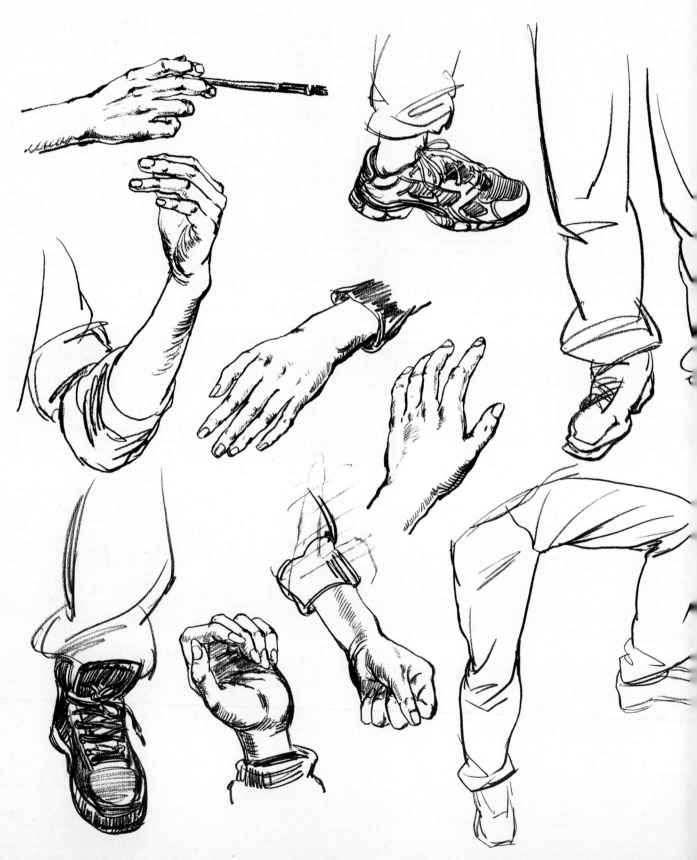

9

问： 衣纹的褶皱怎么画？

答：初学者容易犯的错误是线条缺少变化，不注意线与线的区别，不会对线做取舍处理。其实，人物的衣纹也要分主次，要养成区分线的习惯，哪些线条是表现形体、暗示结构的，哪些是可有可无的，哪些是紧密的，哪些是松软的等等。在肘、膝、腰等肢体转折的地方，褶皱要多而密；背、大腿、上臂外侧等处的衣纹要概括、简练。重要的是，那些暗示内在形体的衣纹一定要画出来，不能视而不见。衣纹从哪里开始，到哪里结束，要交代清楚，不能随意乱画。例如，膝关节上几根褶皱的起点，暗示的是膝盖的位置，要看准再落笔。

我们有时候可以利用衣服上的条纹或格子来增加形式感，使画面的线条不至于单一、平均，增强疏密的对比，使画面更有节奏感。但要注意这些条纹和格子是随着形体的起伏而起伏的，不能画得生硬、死板。

问：头发怎么画？

答：画头发要注意分组，线条不能平均。注意黑白关系和头骨的基本结构。线条要有交叉，不能平行而简单地重复，要画得有弹性。男性的头发用笔宜短而松，女性的头发用笔应长而明确。头发画得好，能增强画面的表现力。

问：速写可以上明暗吗？

答：以明暗为主的速写并非完全摒弃了线条。我们可以这样理解，线的堆积形成了面，面的浓淡变化就是明暗的变化。我认为初学者在开始时，应该把重点放在比例、构图、动态这三个基本要求以及如何运用线表现人物上面。当你具备了一定的造型能力和表现能力时，可以适当加入明暗，尝试用明暗来表现对象。明暗为主的速写要非常注意黑、白、灰的关系及布局，不能一味地追求明暗而忘了速写的基本要求和要素。比例、构图、动态是速写的三个基本要点，也是最基本的要求。平时要反复提醒自己，是否达到这三个基本要求。

当你对线条和明暗掌握到比较熟练的程度时，自然而然地就会在一幅速写中将两者结合地表现出来。其实速写的最高境界就是一种情感流露，感性的表达，线条和明暗完美自然地结合在一起。

问：什么样的速写才算一幅好速写？

答：当我们拿起笔，落笔之前我们是否可以问问自己：要画的人物什么地方打动了自己？是他的神态、姿态，还是他和他周围环境的氛围？一幅速写在符合动态、比例、构图等最基本要求的同时，又具有强烈的表现力，体现生活气息，表现作者情感，那就是一幅成功的作品，也就是所谓的"形神兼备"。 速写与其他绘画形式相比最大的优势在于：它在极短的时间内完成，它在瞬间反映了画者的情绪、情感，这也是最可贵之处。

有些初学者往往喜欢像画素描那样先画个轮廓，然后一点一点地去切、去描人物的形，这是完全错误的方法。速写就是"写"，要像平时写字那样，流畅地、尽量一步到位地、肯定地把对象表现出来。做到这一点，前提是要自信，绝不能缩手缩脚，犹豫不决。在作画的过程中，随时注意比较，不能盯着某一根线看，要"瞻前顾后"。画速写贵在持之以恒，只有不断地练习、不断地严格要求自己，才能提高，并从中获得乐趣。画速写更是一种积累，首先要有一个量的积累，但并不是画了许多张速写，水平就会提高，而要在平时的生活中去观察、感受和体会，更多的时候是用"心"去画。

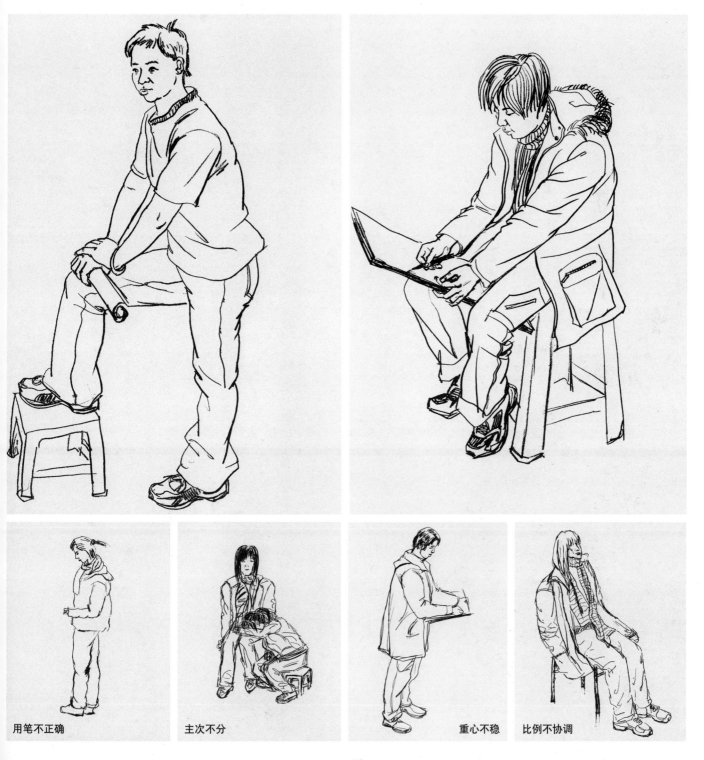

用笔不正确   主次不分   重心不稳   比例不协调

问： 考试时怎样选角度？

答： 很多学生在画速写时，不注意角度的问题，经常固定在一个地方，这样就非常的被动。要知道，并不是模特的每个角度都适合表现，有些角度刚好处在强烈的透视点上，比如正对着伸向你的手、坐姿时正对着你的大腿等，这些动态给画速写增加了难度。考试时应尽量避免这些角度，一旦处理不好，就很容易在形体比例、人体基本结构的问题上犯错。

一般来说，人物正侧面和四分之三侧面的角度是相对丰富而又有表现力的，全正面的角度相对难度较高，因为经常存在较大的透视。有些学生喜欢画背面的角度，认为容易、简单，特别是不用画五官。其实不然，优秀的背面角度的速写寥寥无几，正因为它的简单，才显示出它的难度，因为你所能利用的元素太少了，只能用为数不多的几根线来表现形体、动态，正是见功底的角度。

另外，还要注意自己和模特的距离，站太近也会形成较大的透视，无形中增加了难度。而站得太远看到的细节又不够，表现力会减弱。我们与模特的距离控制在模特高度的 1.5 倍是比较合适的。

模特伸向你的手出现了强烈的透视，非常难表现，画面感也不够强，应该回避这种角度。

坐姿中大腿会出现一定的透视关系，正因为透视的缘故，大腿在画面中的长度看上去缩短了，平时练习中要注意这一点。

同样的动态，应该选择这种偏侧些的角度。这个角度既回避了强透视，又表现了形体动态的力度感。

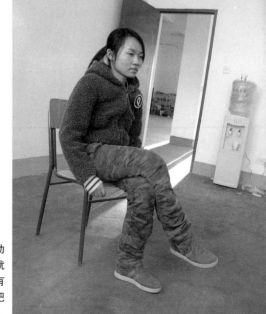

同样的动态，这个角度就相对容易些，有利于初学者把握好比例关系。

这样的站姿，动作相对简单，背面的角度没有太多可以表现的内容。

出现蹲姿时，正面的角度不仅大、小腿出现了强透视，甚至躯干部分都出现了，画面缺少美感。

正面的角度就丰富多了，具有生活气息。

这样的角度把模特的动态关系完全展露出来了，很生动。

这两个角度更有表现力。

步骤一

步骤三

步骤二

步骤四

■ 关于不同动态写生的步骤图

坐 姿

步骤一：画时间较短的速写，首先对对象整体要有基本的把握，然后就可以直接从局部开始。先画人物的头发，然后把五官简练地概括出来。

步骤二：接下去把上身刻画出来。先把领子画好，接着很快地把后背和手臂的形大胆地勾勒下来，同时注意线条的轻重变化。

步骤三：画出手及大小腿的动态和形。

步骤四：把鞋和裤子松动地画出来，每画一步都随时注意和头的大小进行比较。

步骤五：最后可以适当地加入明暗调子，并画出椅子。

张 慧 作

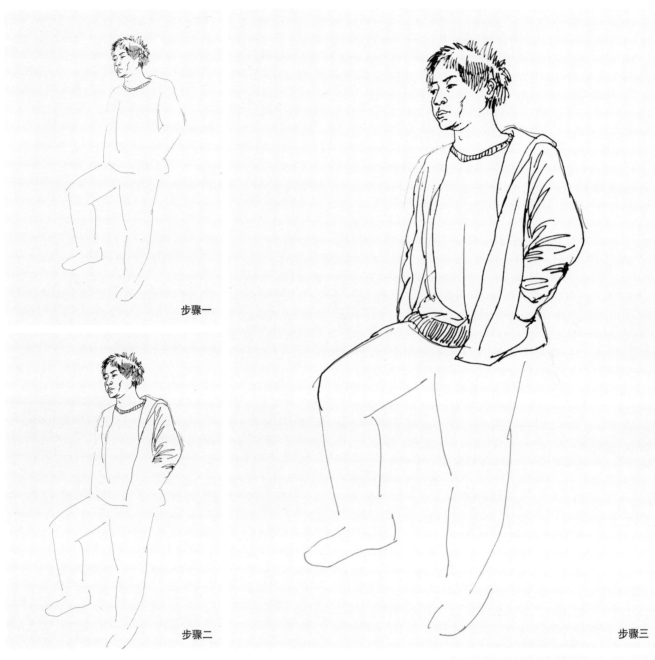

步骤一

步骤二

步骤三

站 姿

步骤一：当模特的动态比较大，或自己对比例、构图、重心没有把握时，可以先淡淡地把人物的外轮廓快速地勾勒一下，抓住动态和比例，为下一步更好地深入刻画打下基础。在这个基础上，从头部开始刻画，注意生动性。

步骤二：在调整和深入的过程中，表现出线条的疏密、浓淡对比。

步骤三：注意主次关系、两手臂的前后关系、上下身的主次对比，总之要有取舍，不能面面俱到。

步骤四：逐步把人物画完整，每个局部都要和头比较大小。线条要画得生动、肯定。

步骤五：鞋也要深入刻画，并把凳子加上去。作画过程中应随时关注画面的整体效果。

步骤四

张 慧 作

步骤五

步骤一

步骤二

步骤三

步骤四

组　合

步骤一：画组合人物时，要先分主次，从主要人物开始画。落笔前对画面的布局要做到心中有数。

步骤二：把主要人物刻画得深入、仔细。

步骤三：注意主次人物的大小比例、前后空间的关系，两个人物不能刻画得过于平均。

步骤四：根据画面需要，可适当地把人物衣裤的花纹表现出来，以增强形式感和黑白的对比。

步骤五：完成整幅画，并作适当调整。

张慧作

张慧作

张慧作

张慧作

二〇〇一年保定擢声远

缪声远 作

24

张 慧 作

25

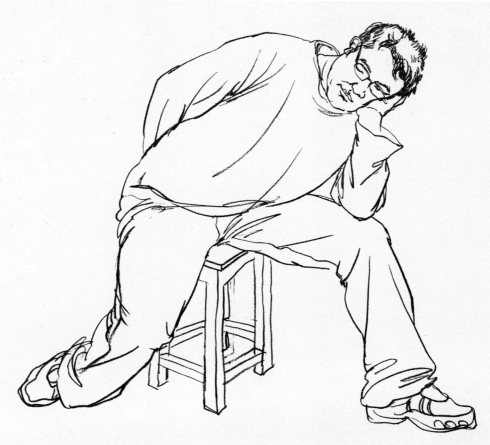

张 慧 作

张 慧 作

张慧 作

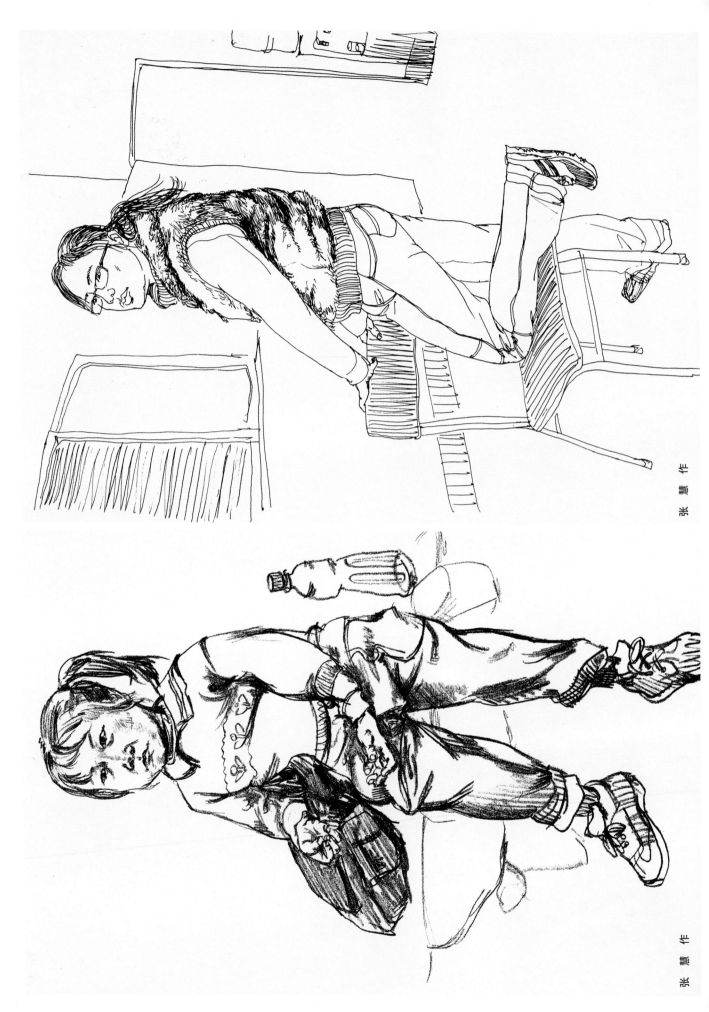

张慧 作

张慧 作

张 慧 作

张 慧 作

张慧 作

张慧 作

张 慧 作

张 慧 作

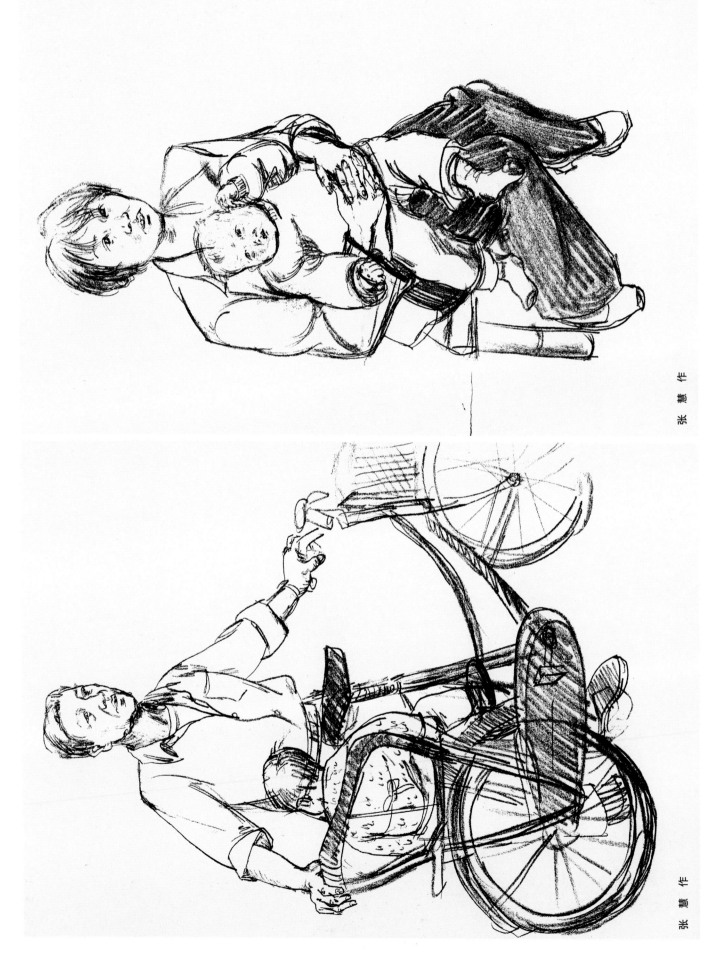

张 慧 作

张 慧 作

张慧 作

张慧 作

张 慧 作

张 慧 作

缪声远 作

張慧作

張慧作

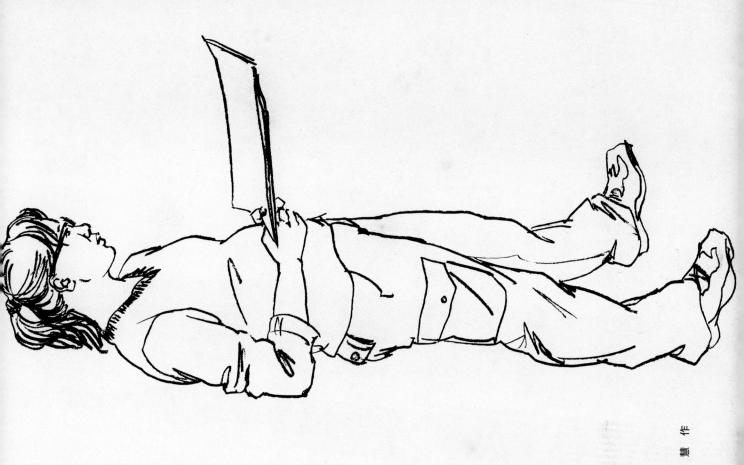

张慧 作

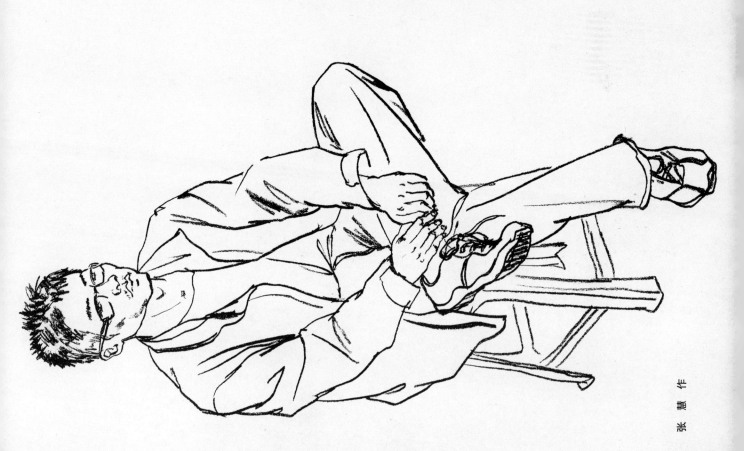

张慧 作

张慧作

张慧

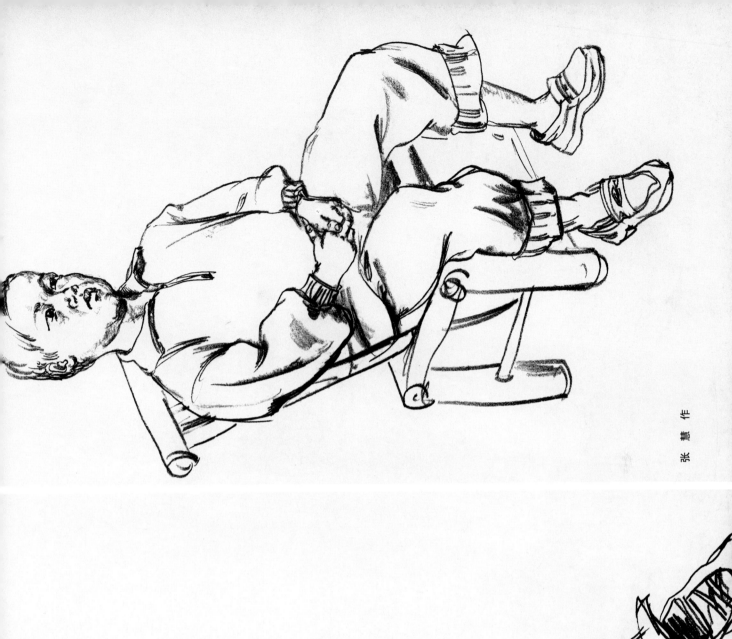

张 慧 作

张 慧 作

张 慧 作

张 慧 作

张慧 作

张慧 作

万里驰　作

万里驰　作

张慧作

张慧作

张 慧 作

张 慧 作

44

缪吉迈 作

张 慧 作

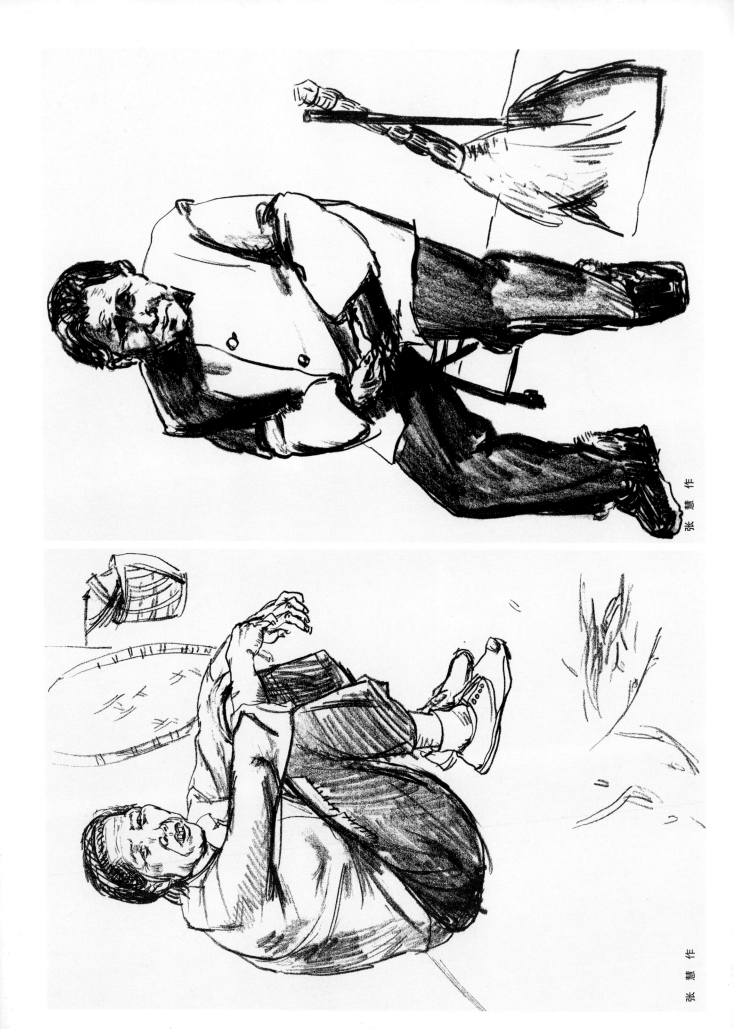

张慧 作

张慧 作

张慧 作

张慧 作

万里驰 作

张 慧 作

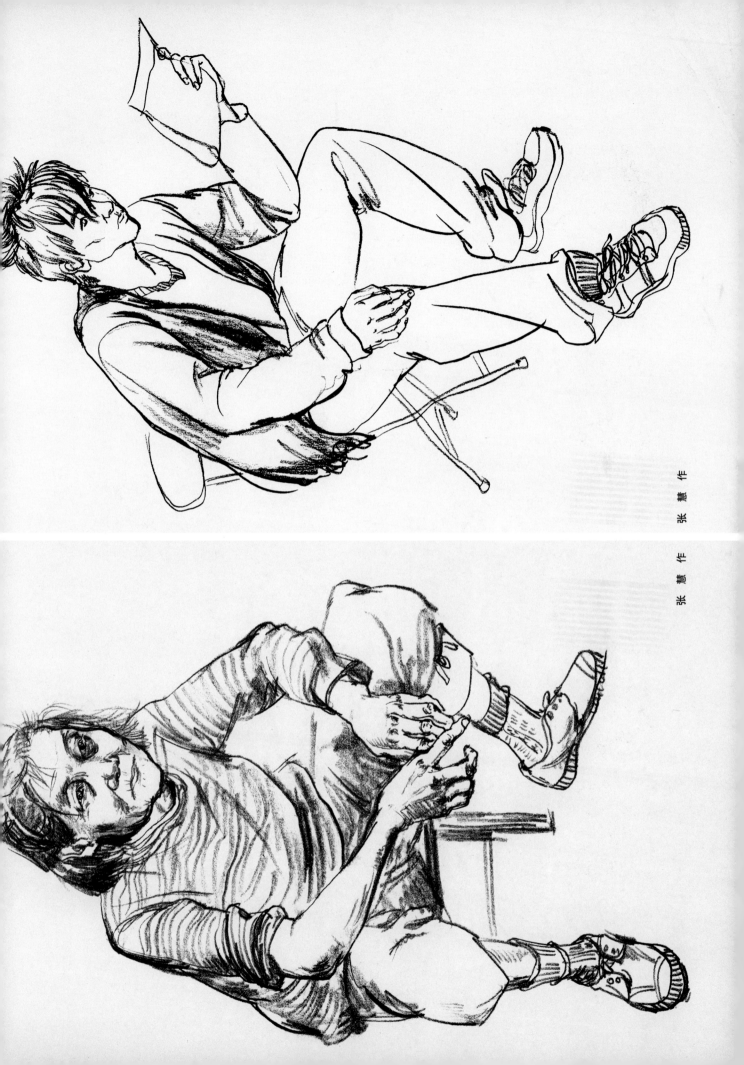

学院派绘画基础教材书目

- 单个石膏几何体写生
- 组合石膏几何体写生
- 单个素描静物写生
- 组合素描静物写生
- 石膏头像写生
- 真人头像写生
- 人物速写写生
- 单个色彩静物写生
- 组合色彩静物写生
- 色彩风景写生

学院派基础强化教材书目

- 石膏像写生
- 真人头像写生
- 半身像写生
- 水粉静物写生
- 油画静物写生

学院派高考冲刺教材书目

- 石膏像写生
- 头像写生与默写
- 静物和半身像默写
- 色彩静物默写
- 色彩风景默写
- 图形与设计
- 人物速写

张 慧

1981年生于浙江温州
1997年就读于中国美术学院附中
2001年保送中国美术学院雕塑系
现为中国美术学院在读研究生

作品发表：《中国美术学院附属中等美术学校校藏优秀
作品·色彩》
《中国美术学院师生速写作品选集》
《中国美术学院优秀作品选·素描》
《F 维——纤维与空间作品》
《美术观察》
《交流》等等

发 行 人：奚天鹰
作　　者：张慧
责任编辑：洪奔
封面设计：刘颖
责任印制：陈柏荣

图书在版编目（CIP）数据

人物速写／张慧编著.－杭州：浙江人民美术出版社，
2007.1
学院派高考冲刺教材
ISBN 978-7-5340-2299-9
Ⅰ.人... Ⅱ.张... Ⅲ.人物画－速写－技法（美术）－高等学校－入学考试－自学参考资料
Ⅳ.J214

中国版本图书馆 CIP 数据核字(2006) 第161089号

学院派高考冲刺教材·人物速写

张 慧 编著

出版发行　浙江人民美术出版社
（杭州市体育场路347号）
网址　http://mss.zjcb.com
经销　全国各地新华书店
制版　杭州美虹电脑设计有限公司
印刷　杭州星晨印务有限公司
版次　2007年1月第1版·第1次印刷
开本　889×1194　1/16　印张　3.25
印数　0,001－4,000
书号　ISBN 978-7-5340-2299-9
定价　16.00元

如发现印刷装订质量问题，影响阅读，请与出版社发行部联系调换。